# Yessika voyance
## amour travail argent…

Scénario : Isabelle Bauthian
Dessin et couleur : Rebecca Morse

DRUGSTORE

# INTRODUCTION

En 2007, une de mes amies décidait de prendre un travail à mi-temps. Par relation, elle entendit parler d'un poste vacant dans une centrale d'appel gérant de la voyance par téléphone. Après quelques hésitations, elle accepta le poste, motivée par un excellent salaire et des horaires arrangeants. Elle démissionna au bout de 3 mois, moralement écœurée.

Entre-temps, nous fûmes toutes deux invitées à une soirée en compagnie d'un jeune producteur. Les anecdotes issues de ce travail pas comme les autres firent sensation, à tel point que le garçon s'enflamma : « C'est énorme ! Faut en faire un reportage ! Genre... Un truc à la Michael Moore, tu vois. En moins démago, mais aussi cash. On les appelle, on les fait parler... On les infiltre en caméra cachée... Toi qui as fait un peu de journalisme, tu saurais faire ça ? Ils embauchent encore ? Tu crois que les employés accepteraient de parler ? ».
Le projet ne survécut pas au dessert mais l'idée avait germé. Et comme on n'est jamais aussi bien servi que par soi-même, il prit la forme de cette bande dessinée.

Nul besoin de procéder à de longues négociations : les employés parlèrent avec plaisir et, de façon surprenante, avec pudeur. Jamais je n'ai senti de volonté de forcer le trait, jamais de méchanceté. La minimisation, au contraire, semblait à l'honneur.
Malgré cela, les anecdotes récoltées possédaient un gros potentiel à « gags » et j'hésitais quant à la forme à donner au récit. Je ne souhaitais pas faire une BD sur la voyance. D'une part, que l'on y croie ou non, la voyance en elle-même n'était pas le cœur du problème. D'autre part, je trouvais plus intéressant de m'écarter du thème pour proposer une véritable histoire, avec des personnages humains et réalistes auxquels on puisse s'identifier et s'attacher. L'absurdité des situations m'inspirait un ton léger, parfois comique, mais l'intérêt résidait essentiellement dans les enjeux éthiques, et ces derniers me semblent indissociables du contexte dans lequel évoluent les protagonistes. C'est ainsi que sont nés Stéphanie et sa petite bande d'amis.

Mais plus je recueillais de témoignages, plus je réfléchissais à la meilleure manière de les intégrer à l'histoire, plus s'imposait une certitude angoissante que bien des auteurs ont dû ressentir lorsque la réalité de leur sujet dépasse la fiction : On ne va jamais me croire.
Il m'était facile d'annoncer : « Cette histoire s'appuie sur des faits réels » mais je savais que, si je mâtinais ces faits de fiction, on s'interrogerait : qu'est-ce qui est vrai ? Qu'est-ce qui ne l'est pas ? Et, de fil en aiguille : « Non, ça c'est trop gros, elle l'a inventé ! »
C'est pourquoi je tranchai : tout sera vrai.

Ainsi, les héros de cette bande dessinée sont fictifs, mais l'ensemble des anecdotes se déroulant au sein de la centrale d'appel sont véridiques. Les demandes des clients sont réelles, les réponses des voyants également, la politique du cabinet est authentique, les entretiens d'embauche se déroulent tels que vous les lirez... Tout est vrai, tout a été dit, entendu, répété par mes super-témoins et je profite de ces lignes pour les remercier chaleureusement, à défaut de pouvoir les citer.

Merci également à Rebecca de s'être si parfaitement approprié cette histoire et de l'avoir enrichie de son univers, belle synthèse entre drôlerie et profondeur.
Et merci à Michael, comme toujours, pour son soutien et son amour.

*Isabelle Bauthian*
http://www.isabellebauthian.com

Pour ma part, j'aimerais remercier Olivier et Jérôme Jouvray, pour leurs cours et surtout leurs encouragements, parce que ça a un peu tout changé.
Merci à Nico pour son aide et son soutien, à la coloc' des Triplettes pour une année magique et à tous ceux qui y ont cru.

*Rebecca Morse*

MI-MARS

# ça vous pose un problème moral ?

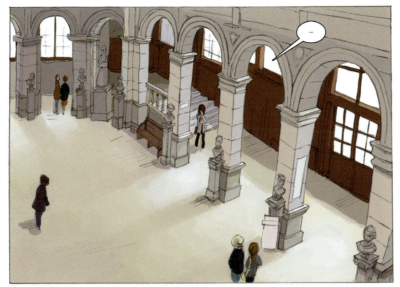

TU N'AS JAMAIS EU DE PETIT BOULOT ?

NON.

ENFIN, J'AI FAIT UN PEU DE BABY-SITTING, MAIS C'ÉTAIT POUR MES COUSINS.

HAHAHA ! MAIS QUELLE FILLE À PAPA !

ARRÊTE !

MON PÈRE A BEAUCOUP PERDU, YAELLE. C'EST PAS JUSTE UN PETIT RETOUR DE FORTUNE. IL PARLE D'HYPOTHÉQUER LA MAISON. CETTE MAISON EST DANS NOTRE FAMILLE DEPUIS TROIS GÉNÉRATIONS.

C'EST PEUT-ÊTRE SUPERFICIEL, MAIS SI ON LA PERDAIT JE...

C'EST PAS SUPERFICIEL, STÉPH'. MAIS VOUS N'ALLEZ SANS DOUTE PAS LA PERDRE... SI TU TROUVES UN TRAVAIL, ÇA S'ARRANGERA, NON ?

PEUT-ÊTRE.

MAIS... BON... FAUT QUE JE TROUVE UN TRUC BIEN.

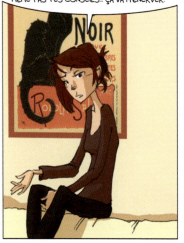

J'AI PAS TRÈS ENVIE DE BOSSER AVEC TOI AU MAGASIN. DE VOIR TOUTES CES NANAS QUI SAVENT PAS S'HABILLER ET QUI N'ÉCOUTENT MÊME PAS TES CONSEILS... ÇA VA M'ÉNERVER.

JE PEUX PAS ALLER CHEZ MISTER BUNNY, BOUFFER QUE DES HAMBURGERS HYPERCALORIQUES, ET SENTIR LA FRITE TOUTE LA JOURNÉE.

OUT OF ZE QWESTION

J'AI UN COPAIN QUI FAIT DU DÉMARCHAGE TÉLÉPHONIQUE. ÇA C'EST PAS MAL, MAIS IL EST SURVEILLÉ TOUT LE TEMPS PAR SES PATRONS.

LE STRESS !

J'AVAIS PEUT-ÊTRE UN PLAN POUR TOI, MAIS JE NE SAIS PAS SI TU LE MÉRITES.

C'EST VRAI ?! DIS !

Y A UNE NANA QUI FAIT DE LA DANSE AVEC MOI LE JEUDI. ELLE CHERCHE DES GENS POUR PRENDRE LES APPELS DANS SA BOÎTE. MANIFESTEMENT, ELLE GALÈRE.

ELLE DIT QU'ELLE NE TOMBE QUE SUR DES ENDORMIS.

C'EST BIEN PAYÉ, ELLE EST ARRANGEANTE SUR LES HORAIRES... D'APRÈS ELLE, IL SUFFIT D'ÊTRE DÉGOURDI ET POLI.

C'EST À PRENDRE TOUT DE SUITE.

TU NE ME DEMANDES PAS CE QUE C'EST ?

LE CABINET YESSIKA GÈRE PLUSIEURS NUMÉROS DE VOYANCE PAR TÉLÉPHONE. VOTRE TRAVAIL CONSISTE À REDIRIGER LE CLIENT VERS LE BON VOYANT. S'IL DEMANDE UN NOM PARTICULIER, PASSEZ-LE-LUI DIRECTEMENT.

S'IL EST OCCUPÉ, VOUS DEVEZ LUI CONSEILLER UNE AUTRE PERSONNE.

VOICI DONC DEBBIE, MON ASSISTANTE.

C'EST ELLE QUI GÈRE LES PLANNINGS. N'HÉSITEZ PAS À ALLER LA VOIR SI VOUS AVEZ DES QUESTIONS. ELLE TIENT PARFOIS LE STANDARD ET ELLE SAURA VOUS REPONDRE.

L'AUTRE PORTE DANS L'ENTRÉE, C'EST LE BUREAU DE THÉO, LE PATRON. IL EST ABSENT AUJOURD'HUI.

VOUS ÊTES ICI DANS LE BUREAU DES GRAPHISTES QUI TRAVAILLENT SUR NOS CAMPAGNES PUBLICITAIRES.

ÉRIC, NOTRE COMMERCIAL, EST DANS LE BUREAU D'À CÔTÉ.

ÉRIC ? C'EST JOËLLE.

toc toc

ÉRIC, VOICI STÉPHANIE. ELLE VA FAIRE UN ESSAI AU STANDARD.

SALUT !

...

ET VOICI LE STANDARD.

... ET DONC, LE LISTING AVEC LES CODES POUR LES VOYANTS MOINS DEMANDÉS, QUI N'ONT PAS DE BOUTON ATTITRÉ. NE VOUS LAISSEZ PAS IMPRESSIONNER, ON SE REPÈRE ASSEZ VITE.

VOILÀ.

IL VAUT MIEUX FAIRE ATTENDRE UN PEU AU DÉBUT PLUTÔT QUE DE SE TROMPER.

C'EST BON, VOUS AVEZ TOUT COMPRIS ?

OUI, JE CROIS. JE PEUX VENIR VOUS VOIR SI J'AI UN SOUCI, DE TOUTE FAÇON ?

JE VOUS ÉCOUTERAI PAR MOMENTS DE MON BUREAU. JE VOUS DIRAI CE QUI NE VA PAS. MAIS AÏCHA ET JUSTINE VOUS AIDERONT.

AH, ET N'OUBLIEZ PAS QUE VOUS POUVEZ ÉCOUTER LES CONVERSATIONS ENTRE LES CLIENTS ET LES VOYANTS. ÇA VOUS PERMETTRA DE MIEUX COMPRENDRE COMMENT ILS TRAVAILLENT.

AH.

NE T'EN FAIS PAS, JE VAIS PRENDRE LE PREMIER APPEL POUR TE MONTRER.

CABINET ANNABELLA BONJOUR.

OUI, BONJOUR. MADAME MORIN.

PUIS-JE VOUS REDEMANDER VOTRE NUMÉRO DE CARTE BLEUE ?

TRÈS BIEN MADAME MORIN, JE VOUS PASSE ANNABELLA.

TU AS VU, C'EST FACILE.

AH, PAR CONTRE, APRÈS CHAQUE CONSULTATION, IL NE FAUT SURTOUT PAS OUBLIER DE DEMANDER AU VOYANT LA RAISON DE L'APPEL. IL Y A DES GENS QUI MENTENT, QUI DISENT QU'ON A DÉBITÉ LEUR COMPTE SANS LEUR ACCORD. LÀ, S'ILS CONTESTENT, ON PEUT LEUR DIRE : "AH NON, MADAME, VOUS AVEZ APPELÉ LE TANT À TELLE HEURE POUR UNE HISTOIRE DE COEUR AVEC PATRICK." HIHI !

JE NE VOIS PAS YESSIKA DANS LE LISTING.

ELLE N'EXISTE PAS, YESSIKA. C'EST UNE COPINE DE JOËLLE QUI A FAIT LA PHOTO POUR LA PUB.

ELLE S'APPELLE CATHERINE, JE CROIS.

YESSIKA, C'EST LE NOM DE LA BOITE. ÇA REGROUPE PLUSIEURS VOYANTS, PLUSIEURS NUMÉROS.

MAIS SI UN CLIENT DEMANDE À PARLER À YESSIKA, TU DIS QU'ELLE EST ABSENTE ET TU LUI PROPOSES QUELQU'UN D'AUTRE.

OU ALORS, TU DIS : "JE VOUS LA PASSE" ET TU CHOISIS UNE VOYANTE AU PIF, NE TE FAIS PAS CHIER.

MAIS SI...?

ÇA SONNE ! VAS-Y, À TOI !

EUH ?!

CABINET... EUH...

... ISALINE, BONJOUR.

Isaline

GAËLLA

ALORS OUI JE... EUH...

OUI, VOIL...

AH ! VOTRE NUMÉRO DE CARTE BLEUE, S'IL VOUS PLAÎT, MADAME.

BIEN.

OUI, JE VOUS LA PASSE TOUT DE SUITE. BONNE JOURNÉE, MADAME.

PFIOU...

HIHI.

VOUS AVEZ ENCORE TIRÉ LA FORCE. OUI. ON VOIT BIEN QUE DEPUIS QUELQUE TEMPS, DANS VOTRE COUPLE, IL Y A UN RÉEL MANQUE DE PATIENCE.

DE PATIENCE ? OUI... OUI, C'EST VRAI QUE J'AI TENDANCE À M'ÉNERVER FACILEMENT, MAIS QUAND IL RENTRE IL NE ME REGARDE MÊME PAS ET... JE NE SAIS PAS, PEUT-ÊTRE QU'IL FAUDRAIT QUE JE LUI PARLE MAIS JE NE SAIS PLUS COMMENT L'ABORDER.

AH MAIS C'EST VOTRE MARI, ALINE. COMMENT ÉTAIT-CE À VOS DÉBUTS ? PEUT-ÊTRE POURRIEZ-VOUS VOUS RAPPELER DE...

PFFFF !

... UNE ROUSSE. C'EST IMPORTANT !

JE VOIS QUE VOUS ALLEZ FAIRE UNE RENCONTRE, MAIS...

UNE ROUSSE ?

JE NE PEUX PAS VOIR ÇA, MONSIEUR. VOUS ALLEZ FAIRE DES RENCONTRES, ÇA C'EST CERTAIN, MAIS ELLES NE SE CONCRÉTISERONT QUE SI VOUS-MÊME, VOUS ADOPTEZ LA BONNE ATTITUDE.

MAIS IL FAUT QUE CE SOIT UNE ROUSSE !

VICTOR, JE VOUS AI DÉJÀ DIT QUE LA VOYANCE N'AVAIT PAS POUR BUT D'INFLÉCHIR LE COURS DES ÉVÉNEMENTS. VOUS AVEZ VOTRE LIBRE ARB...

JE VOUS PAYE SUFFISAMMENT CHER, POURTANT !

ET JE VOUS AI SUFFISAMMENT RÉPÉTÉ QUE CE N'EST PAS AINSI QUE NOUS TRAVAILLONS...

JE VAIS APPELER VOTRE PATRONNE, MOI !

APPELEZ-LA SI VOUS VOULEZ, ELLE VOUS DIRA LA MÊME CHOSE QUE MOI.

VICTOR, QUE DE STRESS, QUE DE STRESS ! SI VOUS VOULIEZ BIEN VOUS CALMER, JE...

NE ME DITES PAS DE ME CALMER ! JE SUIS SÛR QUE VOUS N'ÊTES MÊME PAS ROUSSE !

PFFFFF-FRTTTTTHUHU.

QUOI QUE CE SOIT, TU ENTENDRAS PIRE.

16

| | |
|---|---|
| Annabellia | Médium pure, flashs |
| Andorra | Médium, tarot de Marseille |
| Anathea | Oracle de ligne/jeu de 37 |
| Alban | Tarot, médiumnité |
| Alina | Voyante auditive avec flash |
| Britania | Voyance auditive, oracle de Mariana |
| Brian | Médium pur |
| Calista | Tarot, oracle de l'amour |
| Chantaline | Tarot de Marseille, astologue |
| Cléio | Pendule, flash, numérologie |
| Colyne | Médium pure. Taches d'encre |
| Elora | Tarot, pendule |
| Elyse | Astrologue, clairaudience |
| Enaïs | Astrologue |
| Emeric | Voyance à la bougie |
| ...tna | Médium pure, flashs |
| ...antine | Médium auditive, voyance en musique |
| Gaella | Guide spirituelle, flash |
| Glwadys | Médium pure |
| Gwenaelle | Pendule, numérologie |
| Hugo | Astrologue |
| Iria | Tirage de runes |
| Irma | Médium pure, cartomancienne |
| Isa | Voyante auditive avec flash, clairaudience |
| | Triade |
| Isaline | Médium pure, flashs |
| Jasmine | Astrologue, numérologue |
| Johana | Médium pure |
| Juana | Médium auditif, oracle de Belline |
| Jules | |

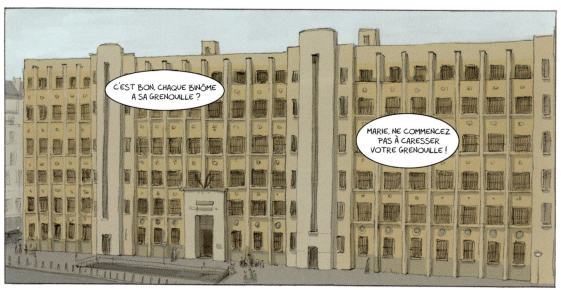

BEN ÇA PROUVE QUE CE N'EST PAS SI DUR DE TROUVER DU BOULOT.

OUI.

LES GENS QUI APPELLENT SONT TORDANTS, ET MÊME LES VOYANTS... IL Y A CETTE NANA QUI TUTOIE TOUT LE MONDE ET QUI TE SERT DES "MON PETIT CHAT" OU "MA BEAUTÉ"...

ET PUIS JE CROIS QUE ÇA VA ÊTRE DRÔLE FINALEMENT.

IL Y A DES CAS.

ET JUSTINE... —JUSTINE C'EST UNE STANDARDISTE, ELLE A DU CARACTÈRE—ELLE L'ENVOIE PAÎTRE À CHAQUE FOIS. MAIS IL N'Y A RIEN À FAIRE, ELLE RECOMMENCE. ET "DÉSOLÉE MA BIQUETTE, TU NE DOIS PAS M'EN VOULOIR".

C'EST PAS NORMAL QU'ELLES TE TUTOIENT. ELLE A RAISON TA COLLÈGUE.

FAIS GAFFE À NE PAS PERCER LA VESSIE.

EN TOUT CAS, JE TE LE DIS : LÀ-BAS, JE VAIS APPRENDRE DES TRUCS QU'ON NE NOUS ENSEIGNE PAS À LA FAC !

BAH ! C'EST COMME ÇA QU'ILS FONT DANS CE MILIEU.

APRÈS CHAQUE CONSULTATION, VOUS DEVEZ REMPLIR UNE FICHE-RÉSUMÉ. TOUJOURS.

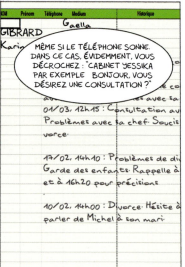

MÊME SI LE TÉLÉPHONE SONNE. DANS CE CAS, ÉVIDEMMENT, VOUS DÉCROCHEZ : "CABINET YESSIKA PAR EXEMPLE, BONJOUR, VOUS DÉSIREZ UNE CONSULTATION ?"

| NOM | Prénom | Téléphone | Medium | Historique |
|---|---|---|---|---|

GIBRARD    Gaella
Karin

01/03, 12h15 : Consultation au
Problèmes avec sa chef. Soucis
vorce.

17/02, 14h10 : Problèmes de di
Garde des enfants. Rappelle à
et à 16h20 pour précisions

10/02, 14h00 : Divorce. Hésite à
parler de Michel à son mari.

ET VOUS DEMANDEZ À LA PERSONNE : EST-CE QUE VOUS PRENEZ SON TÉLÉPHONE ET LA RAPPELEZ TOUT DE SUITE, OU BIEN EST-CE QU'ELLE PRÉFÈRE ÊTRE MISE EN ATTENTE ? VOUS REMPLISSEZ LA FICHE, ET DÈS QUE C'EST FAIT, VOUS LA RAPPELEZ.

LA PLUPART DES APPELANTS SONT DES CLIENTS RÉGULIERS. MAIS SI C'EST UN NOUVEAU, VOUS DEVEZ LUI EXPLIQUER TRÈS CLAIREMENT NOS SERVICES.

S'IL DEMANDE DES INFORMATIONS, AVANT DE LUI PARLER DES TARIFS, VOUS LUI DITES QU'IL Y A UN LARGE ÉVENTAIL DE SPÉCIALITÉS DANS LEQUEL IL PEUT CHOISIR. VOUS LUI EXPLIQUEZ ET VOUS LUI DEMANDEZ CE QU'IL PRÉFÈRE. VOUS LUI DITES : "DE PLUS, VOUS POUVEZ LUI POSER UNE QUESTION PRÉCISE, OU BIEN IL VOUS DIRA TOUT CE QU'IL VOIT SUR VOUS." APRÈS SEULEMENT, VOUS POUVEZ LUI PARLER DES MOYENS DE PAIEMENT SÉCURISÉS.

COMME JE VOUS L'AI DIT, DEBBIE S'OCCUPE DES PLANNINGS. SI VOUS AVEZ LA MOINDRE QUESTION D'ORGANISATION, N'HÉSITEZ PAS À ALLER LA VOIR.

J'AI COMMENCÉ ICI COMME STANDARDISTE. COMME ÇA MARCHAIT BIEN, JOËLLE M'A PROPOSÉ DE DEVENIR SON ASSISTANTE. C'EST TRÈS INTÉRESSANT DE TRAVAILLER ICI, FINANCIÈREMENT.

UN TRUC IMPORTANT, C'EST DE NE PAS SE TROMPER DE NUMÉRO : TU AS LES VOYANCES AVEC CARTE BLEUE. ÇA C'EST SIMPLE. MAIS AUSSI LES VOYANCES GRATUITES, OÙ CE SONT LES APPELS QUI SONT FACTURÉS.

JOËLLE ET MOI, ON ÉCOUTE RÉGULIÈREMENT LES CONVERSATIONS, ALORS ATTENTION, TU ES SURVEILLÉE. HÉHÉ !

LES VOYANTS NE DOIVENT JAMAIS PARLER DE MORT. JAMAIS. CERTAINS CABINETS FONT ÇA ET C'EST... IL NE FAUT PAS FAIRE ÇA. SI VOUS PRENEZ UN VOYANT EN TRAIN DE FAIRE DES PRÉDICTIONS CONCERNANT LA MORT OU DES MALADIES GRAVES, VOUS DEVEZ M'EN AVERTIR. ABSOLUMENT.

DE LA MÊME FAÇON, JAMAIS DE SORTS, JAMAIS DE MAGIE NOIRE. PAS DE RETOURS DE L'ÊTRE AIMÉ — ÇA, ON VA VOUS EN DEMANDER. JAMAIS.

TOUT ÇA, C'EST...

C'EST COMPLÈTEMENT ILLÉGAL.

AH, TRÈS IMPORTANT : UN CLIENT NE PEUT PAS CONSULTER UN MÉDIUM PLUS DE QUATRE FOIS PAR SEMAINE. NOUS AVONS UN ACCORD AVEC LES BANQUES POUR BLOQUER LEURS COMPTES QUAND ÇA ARRIVE.

DANS CE CAS, VOUS LEUR DITES : "DÉSOLÉE, MONSIEUR, VOTRE CARTE NE PASSE PAS." RÉESSAYEZ TOUT DE MÊME PAR ACQUIT DE CONSCIENCE.

SI LA PERSONNE SE PLAINT, DITES LUI : "IL DOIT Y AVOIR UN PROBLÈME AVEC VOTRE BANQUE, ESSAYEZ DE RAPPELER DEMAIN."

BON ET SI VRAIMENT C'EST UNE URGENCE, VOUS POUVEZ TOUJOURS FAIRE PASSER LEUR CONVERSATION SUR NOTRE SECOND COMPTE BANCAIRE. C'EST À VOTRE JUGEMENT.

ET BIEN SÛR, VOUS DEVEZ ÊTRE RÉACTIVE, DYNAMIQUE...

J'AI DÛ ME SÉPARER DE DEUX PERSONNES AVANT VOUS PARCE QU'ELLES ÉTAIENT MOLLES, MAIS MOLLES !

C'EST UN STANDARD, ICI. DONC, PAR DÉFINITION, IL Y A DES PÉRIODES CALMES ET D'AUTRES OÙ ÇA N'ARRÊTE PAS DE SONNER. VOUS POUVEZ PRENDRE UN LIVRE POUR PATIENTER QUAND IL N'Y A PAS D'APPELS MAIS, QUAND ÇA SONNE, JE VEUX DES GENS AU TAQUET.

ENFIN, IL N'Y A PAS DE RAISON QUE ÇA SE PASSE MAL.

FIN MARS

# c'est
# super enrichissant.

LA VOYANCE PURE, C'EST SANS SUPPORT.

SUPPORT ?

SANS CARTES, SANS PENDULE, SANS THÈME ASTRAL... ET S'ILS FONCTIONNENT PAR FLASH, ILS NE DOIVENT PAS TE POSER DE QUESTION.

PAR FLASH... HUHU.

MAIS JOËLLE—LA PATRONNE—NOUS DIT DE DONNER L'HISTORIQUE DU CLIENT AU VOYANT AVANT DE LE LUI PASSER, DONC BON...

AH BRAVO, ILS SAVENT TOUT, DU COUP !

EN MÊME TEMPS, C'EST NORMAL QU'ILS METTENT LE GARS AU COURANT DU PASSIF DE LA PERSONNE.

BEN OUI, C'EST VRAI, TU TE RENDS COMPTE ? SINON ÇA POURRAIT NE PAS MARCHER.

MAIS CERTAINS VOYANTS ABUSENT VRAIMENT. TU LEUR PARLES DEUX MINUTES ET TU SAIS DÉJÀ QU'ILS NE FONT ÇA QUE POUR LE FRIC.

AH ? PARCE QU'IL Y EN A D'...- ?

AÏE-EUH !

NON, FRANCHEMENT, JE N'Y CROIS PAS DU TOUT MAIS... IL Y EN A QUI ESSAIENT VRAIMENT D'AIDER LES GENS. ILS SONT TRÈS À L'ÉCOUTE, ET POURTANT ILS ONT DES DEMANDES VRAIMENT BIZARRES.

RACONTE, LE MONOMANIAQUE.

OH, CELUILLÀ...

UN GARS QUI APPELLE TOUS LES JOURS PARCE QU'IL VEUT RENCONTRER UNE FEMME ROUSSE.

DE QUOI ?

IL S'APPELLE VICTOR HUGO, EN PLUS. C'EST SON VRAI NOM.

ARRÊTE !

ET DONC TOUS LES JOURS, EN DÉBUT D'APRÈS-MIDI, COUP DE FIL. IL NE DOIT PAS TRAVAILLER, CELUI-LÀ. IL DEMANDE À CHAQUE FOIS S'IL VA RENCONTRER UNE FEMME ROUSSE, ET IL PASSE COMMANDE : IL FAUT QU'ELLE SOIT PLUS JEUNE QUE LUI, QU'ELLE RENTRE AVANT LUI DU TRAVAIL POUR S'OCCUPER DE LA MAISON... EN FAIT, JE CROIS QU'IL APPELLE POUR FANTASMER.

BERK.

PAR CONTRE, IL INSULTE LES VOYANTS QUAND ILS LUI DISENT QU'ILS NE PEUVENT PAS...

NON-NON, C'EST POUR MOI !

TU PLAISANTES ? PAS QUESTION.

C'EST L'ARGENT POUR AIDER TES PARENTS.

ILS NE SONT PAS À CINQ FONDUES PRÈS, MES PARENTS. ALLEZ, ÇA ME FAIT PLAISIR. C'EST POUR FÊTER MON INDÉPENDANCE.

BON. EUH...

HÉHÉ.

MON PREMIER CADEAU À MES COPAINS.

JE COMMENCE À L'AIMER, TON BOULOT.

OUAIS, ET PUIS ÇA VA, À FORCE DE DISSÉQUER DES BESTIAUX, TU AS LE CŒUR BIEN ACCROCHÉ.

OH, NON, JE NE VOUS RACONTE QUE LES HORREURS MAIS LA PLUPART DU TEMPS C'EST PLAN-PLAN, HEIN.

ON VA BOIRE UN VERRE QUELQUE PART ?

NON, JE NE PRÉFÈRE PAS. IL FAUT QUE JE BOSSE LE TP DE MICROBIO POUR DEMAIN.

EH BÉ ! TU M'IMPRESSIONNES !

VI ! JE SUIS UNE FILLE SÉRIEUSE MAINTENANT !

ET MOI JE SUIS FIER DE TOI.

MA PETITE PRINCESSE DEVIENT UNE VRAIE FEMME !

BONJOUR.

AH ! LA RELÈVE ! BYE BYE, MAISON DE FOUS !

... ?

IL Y A EU PLEIN DE CASSE-PIEDS AUJOURD'HUI.

ÇA ARRIVE QU'IL N'Y EN AIT PAS ?

bilibibili....

HIHI.

bilibibili....

CŒUR VOYANCE BONJOUR.

OUI ? C'EST LA PREMIÈRE FOIS QUE VOUS APPELEZ, MADAME ? EH BIEN, NOUS AVONS DIFFÉRENTS TYPES DE VOYANCE À VOUS PROPOSER : PENDULE, CARTES, ASTROLOGIE... OU SANS SUPPORT : NOTRE VOYANT VOUS DIT TOUT CE QU'IL VOIT À VOTRE SUJET.

VOUS DITES ?

BIEN SÛR QUE ÇA MARCHE, MADAME.

OUI ?

DANS CE CAS, JE PEUX VOUS CONSEILLER ISALINE. ELLE EST TRÈS BIEN.

OUI ?

ALORS, CONCERNANT LE PAIEMENT, NOUS PROCÉDONS PAR CARTE BLEUE ET...

26

HELLO.

AH ? BONJOUR. ON NE SE CONNAÎT PAS. JE SUIS STÉPHANIE, JE TRAVAILLE ICI DEPUIS UNE SEMAINE.

MATHIEU. JE REMPLACE AÏCHA AUJOURD'HUI.

TU ES SURTOUT DU SOIR, NON ? C'EST POUR ÇA QUE JE NE T'AVAIS PAS VUE

OUI. JE SUIS ÉTUDIANTE ALORS C'EST PLUS PRATIQUE.

AH ? ÉTUDIANTE EN QUOI ?

MÉDECINE. DEUXIÈME ANNÉE.

OUAH ! GROSSE TÊTE !

HAHA ! TU PARLES. ET TOI ?

JE FAIS DE LA COMÉDIE MUSICALE.

C'EST VRAI ? GÉNIAL !

OUI, ENFIN, JE SUIS AMATEUR... DISONS SEMI-PRO. ON A ÉTÉ EN OFF À AVIGNON L'ANNÉE DERNIÈRE, ÇA S'EST PLUTÔT BIEN PASSÉ. LÀ, JE TRAVAILLE UN PEU DANS DES BARS MAIS JE SUIS QUAND MÊME OBLIGÉ DE RESTER ICI. IL FAUT BIEN QUE JE PAYE MES COURS DE CHANT.

C'EST DÉJÀ COOL DE RÉUSSIR À FAIRE DE LA SCÈNE.

ÇA OUI ! ET PUIS JE ME RENDS UTILE DE DIFFÉRENTES MANIÈRES COMME ÇA.

bilibibili.

CABINET JESSIKA BONJOUR.

LES APPELS APPELLENT LES APPELS, ON DIRAIT.

bilibibili...

bilibibili

JE RENCONTRE DES TAS DE GENS DIFFÉRENTS, C'EST SUPER ENRICHISSANT.

RÎÂ!

AH, BEN MERCI POUR NOUS.

*TAK!*X

*POK!*

NON MAIS JE VEUX DIRE... NOUS, ON EST TOUS DES PETITS BOURGEOIS PRIVILÉGIÉS... ENFIN, DES CLASSES MOYENNES. JE VEUX DIRE, MÊME SI TOI TU DOIS TRAVAILLER POUR PAYER TES ÉTUDES, TU N'AS JAMAIS EU DE VRAIS PROBLÈMES D'ARGENT, ET TU AS, ENFIN...

*POK!*X

J'AI HÂTE DE VOIR OÙ TU VEUX EN VENIR.

*POK!*

MATHIEU, LUI, IL GALÈRE VRAIMENT POUR PERCER EN TANT QU'ARTISTE. MAIS ÇA FAIT QUATRE ANS QU'IL TRAVAILLE AU STANDARD ET IL A L'AIR DE TROUVER ÇA COOL. ÇA LUI PERMET DE VIVRE SON RÊVE.

JE NE PENSAIS PAS QU'ON POUVAIT S'ÉPANOUIR COMME ÇA DANS UN TRAVAIL ALIMENTAIRE QUI NE SOIT PAS PLUS VALORISANT INTELLECTUELLEMENT. MAIS AVEC LE CHANT À CÔTÉ...

*POK!*    *SBAM!*    *POK!*

ET DEBBIE, L'ASSISTANTE DE JOËLLE, ELLE A LAISSÉ TOMBER SON ÉCOLE DE COMMERCE POUR RESTER AU CABINET! AÏCHA, JE NE SAIS PAS TROP CE QU'ELLE FAIT LÀ. ELLE EST PLUS ÂGÉE QUE NOUS ET ELLE EST DISCRÈTE. ELLE DOIT ÊTRE MAMAN, AVEC UN TRAVAIL À MI-TEMPS.

*POK!*

RHÂÂA!

JUSTINE EST ÉTUDIANTE EN SOCIO, ELLE JE SUIS PLUS PROCHE D'ELLE, EN PLUS ELLE EST MARRANTE.

ALORS YAELLE, TU PRENDS LE VAINQUEUR?

HOULÀLÀ, TU VAS ME MASSACRER.

GLWADYS, JE VOUS PASSE MADAME FRADAULT. C'EST ENCORE POUR SES PROBLÈMES D'ARGENT.

JE NE PEUX PAS, J'AI DES INVITÉS.

EUH... D'APRÈS LE PLANNING, VOUS ÊTES LIBRE. C'EST DEBBIE QUI A MAL COMPRIS ?

AH, LE PLANNING JE N'EN SAIS RIEN, MAIS J'AI DES INVITÉS.

MAIS ELLE VOUS A DEMANDÉE PERSONNELL... CLIK !

EUH, MADAME FRADAULT ? JE SUIS DÉSOLÉE, JE NE PARVIENS PAS À JOINDRE GLWADYS. EST-CE QUE JE PEUX VOUS REDIRIGER VERS... EUH... FATNA ? C'EST SA... REMPLAÇANTE. OUI, ELLE CONNAÎT VOTRE DOSSIER. ENFIN, JE LE LUI TRANSMETS.

IL NE VOUS A PAS RAPPELÉE CE SOIR ?

NON.

OOOH, C'EST PAS GENTIL, ÇA !

VOUS SAVEZ, LES HOMMES C'EST COMME ÇA, MADAME. ON NE PEUT PAS VIVRE SANS, ON NE PEUT PAS VIVRE AVEC. AH, MOI-MÊME, JE SUIS SORTIE UNE FOIS AVEC UN MONSIEUR... UN TRÈS BIEN. BONNE SITUATION, POLI, GALANT...

EH BIEN, CROYEZ-MOI OU NON, MADAME, APRÈS UN MOIS DE RELATIONS, JE M'APERÇOIS QU'IL MANQUE DES OBJETS CHEZ MOI. AU DÉBUT, BIEN SÛR, JE ME DIS "J'AI DÛ MAL LES RANGER." VOUS SAVEZ COMME ON EST. MAIS TOUJOURS, TOUJOURS, DES CHOSES DISPARAISSAIENT. DE PLUS EN PLUS. MAIS COMMENT LUI EN PARLER, N'EST-CE PAS ? VOUS M'IMAGINEZ ALLER LE VOIR, ET LUI DEMANDER CARRÉMENT S'IL ME PIQUAIT DES TRUCS ? SIX MOIS, ÇA A DURÉ. SIX MOIS. ALORS...

01H14'48"

YASMINE, JE VOUS JURE QUE SI VOUS M'APPELEZ ENCORE UNE FOIS "MA PETITE CAILLE", ÇA VA CHIER !

OUI, J'AI BIEN DIT "CHIER" !

JE VOUS LA PASSE, MONSIEUR.

GLWADYS ? J'AI UN NOUVEAU CLIENT POUR VOUS. SOUCIS DE CŒUR, IL NE M'EN A PAS DIT PLUS.

JE NE PEUX PAS, JE PROMÈNE LES TOUTOUS.

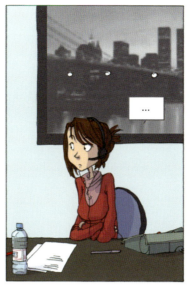

AVRIL

# non mais, des fois, ça marche...

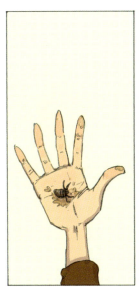

GYAAAAAAH- RHA - AH !!!!

JOËLLE ! J'AI... J'AI...

C'EST À VOUS DE VOIR, COLYNE.

JE SUIS DÉSOLÉE MAIS J'AI... IL Y A...

VOTRE ÉTHIQUE EST TRÈS BELLE MAIS, SI VOUS VOULEZ CONTINUER À TRAVAILLER POUR NOUS, LES CONSULTATIONS DE CINQ MINUTES, CE N'EST PAS POSSIBLE.

HIER, GAELLA A TENU DEUX HEURES POUR UNE SIMPLE QUESTION SENTIMENTALE. JE NE VOUS DEMANDE PAS DE FAIRE AUSSI BIEN MAIS CINQ MINUTES, NON, CE N'EST PAS SÉRIEUX.

OUI ? BIEN. TRÈS BIEN. NOUS VERRONS.

J'AI... J'AI FAILLI AVALER UN CAFARD !

MAIS C'EST QUOI CETTE JOURNÉE ?

DÉSOLÉE, J'AURAIS DÛ DÉCROCHER.

MAIS BON, JE DEVRAIS DÉJÀ ÊTRE PARTIE, LÀ. QU'EST-CE QU'ELLE FOUT AÏCHA ?

ÇA FAIT UN QUART D'HEURE QUE JE SUIS LÀ ! JE ME SUIS FAIT ENGUEULER PAR JOËLLE.

C'EST UNE ÉPIDÉMIE.

boom ! tss !
boom ! tss !
boom ! tss !

AH, ET RAS-LE-BOL DE CETTE MUSIQUE À LONGUEUR DE JOURNÉE !

SOI-DISANT QUE J'AURAIS DÛ INSISTER AUPRÈS DE COLYNE POUR QU'ELLE FASSE DURER SES CONSULTATIONS LA SEMAINE DERNIÈRE.

MAIS JE N'Y SUIS POUR RIEN SI ELLE RÈGLE TOUT EN CINQ MINUTES.

C'EST COMPLÈTEMENT NUL ! LES CLIENTS SONT TOUJOURS SATISFAITS DE COLYNE. ELLE EST À L'ÉCOUTE, ELLE ESSAIE VRAIMENT D'AIDER LES GENS...

EH BEN ! DANS CE CAS, ELLE DEVRAIT BOSSER AILLEURS !

TU ME FAIS MARRER, AÏCHA. À T'ENTENDRE, ON CROIRAIT QU'ON BOSSE POUR SOS AMITIÉ. C'EST UNE BOÎTE À FRIC ICI.

CE N'EST PAS UNE RAISON POUR...

DÉJÀ, SI TU VEUX AIDER LES GENS, TU NE FAIS PAS DE LA VOYANCE. TU FAIS DE LA PSYCHO, DU CONSEIL MATRIMONIAL, ET TU PASSES UN DIPLÔME POUR ÇA.

NON MAIS, DES FOIS, ÇA MARCHE...

ET DE TOUTE FAÇON, DE BASE, SI TU APPELLES ICI, C'EST QUE TU ES UN GROS BRANLEUR !

SI TU VEUX T'EN SORTIR, TU BOUGES TES FESSES. TU NE TE PLANQUES PAS DERRIÈRE TON TÉLÉPHONE POUR RACONTER TA VIE ET DEMANDER QU'ON TE RASSURE.

ELLE TAPE OÙ ÇA FAIT MAL, LA PESTE.

ET PUIS IL NE FAUT PAS QUE TU TE LAISSES ABATTRE COMME ÇA À CAUSE DE JOËLLE. CE N'EST QU'UN BOULOT.

JE M'EN FICHE DE JOËLLE, ET NON, CE N'EST PAS QU'UN BOULOT.

C'EST MON SECOND BOULOT.

LE SEUL QUE J'AI PU TROUVER EN URGENCE ET QUI ME LAISSE DU TEMPS POUR MON VRAI TRAVAIL ET MES GOSSES.

TU AS UN AUTRE TRAVAIL ?

bilibilbilibil!!

bilibilbil-

JE SUIS COMMERCIALE DANS UNE BOÎTE QUI FAIT DES VÊTEMENTS ÉQUITABLES.

bilibil-

J'AI DES DETTES, C'EST POUR ÇA QUE J'AI PRIS UN DEUXIÈME TRAVAIL. LÀ, JE COMMENCE À VOIR UN PEU LE BOUT DU TUNNEL, C'EST COOL.

EH BEN ! TU ES DRÔLEMENT COURAGEUSE !

bilibilbil-

HIHI ! C'EST COMME TOI AVEC TES ÉTUDES.

OH QUAND MÊME, C'EST PAS PAREIL.

bilibilbilibil!!

bilibilbil-

bilibilbilibil!!

VAS-Y, DÉCROCHE, VA, JE VOIS QUE TU STRESSES.

PRUNE VOYANCE, BONJOUR !

HIHIHI !

ET ELLE EST RESTÉE TOUTE LA SOIRÉE ! QUAND JE SUIS PARTIE, ELLE A MIS UNE PLOMBE À RÉCUPÉRER TOUTES LES AFFAIRES QU'ELLE AVAIT SORTIES, ET JE SUIS RENTRÉE CHEZ MOI À UNE HEURE ET DEMIE DU MAT'.

À UN MOMENT, ELLE A MÊME OSÉ FAIRE UNE REMARQUE COMME QUOI IL N'Y AVAIT QUAND MÊME PAS BEAUCOUP DE BOULOT. JE RÊVE !

LES CAFARDS, LES ÉQUILIBRISTES, LES CLOWNS... UN VRAI PETIT CIRQUE. DOMMAGE QUE MONSIEUR LOYAL NE SOIT PAS TRÈS COOL.

HAHA ! NON, TU ES VACHE, JE N'AI PAS TROP À ME PLAINDRE POUR ÇA QUAND MÊME. JOËLLE, C'EST UNE RAPACE, MAIS ELLE EST COOL SUR LES HORAIRES, ELLE PAYE BIEN... ET MOI, ELLE N'EST PAS TROP SUR MON DOS.

... C'EST TOUT POUR AÏCHA. LA PAUVRE, ELLE FAIT TAMPON !

ET LE PATRON, TOUJOURS INVISIBLE ?

OUI.

J'AIMERAIS TROP VOIR SON BUREAU. J'IMAGINE UN VIEUX GOUROU TOUT POURRI... OU MIEUX :

UN GRAND PATRON GENRE DIRECTEUR DE BANQUE, UN TYPE PLEIN DE FRIC. IL AURAIT DES TAS DE SOCIÉTÉS, ET ÇA CE SERAIT SON ACTIVITÉ PARALLÈLE.

GRAAAAAAAH !!

SA-LO-PE-RIE !

STOMP !
STOMP !
STOMP !!

MAIS QUAND ?

JE NE PEUX PAS VOUS EN DIRE PLUS, MADAME. JE VOIS UNE MALADIE MAIS RIEN NE PROUVE QUE VOTRE MARI EN SERA VICTIME.

CE SERA GRAVE ? CE SERA RAPIDE ? C'EST QUE J'AI VRAIMENT BESOIN DE CET ARGENT.

POUR L'INSTANT, JE NE RESSENS RIEN DE PLUS. ET... SI NOUS REVENIONS AU PROBLÈME QUE VOUS M'ÉVOQUIEZ LUNDI ?

LUNDI ? AH, OUI. ÇA NE S'EST PAS ARRANGÉ.

JE RESSENS UNE PROFONDE AFFINITÉ ENTRE VOUS ET JEAN-YVES.

OUI MAIS JE N'ARRIVE PAS À CHOISIR. JEAN-YVES EST PRÉVENANT ET GENTIL... IL EST GALANT... MAIS PAUL... PAUL... C'EST PAUL.

C'EST À VOUS DE DÉCIDER.

PAUL C'EST PAUL. ET PUIS JE N'ARRIVE PAS À RÉFLÉCHIR, JE N'AI PAS LA TÊTE À ÇA.

TANT QUE JE N'AURAI PAS RÉSOLU CE SOUCI D'ARGENT, COMMENT VOULEZ-VOUS QUE JE ME CONCENTRE LÀ-DESSUS ? JE SAIS, JE NE DEVRAIS PAS M'INQUIÉTER À CE POINT... JE SUIS SEULE BÉNÉFICIAIRE DONC, À TERME, TOUT VA S'ARRANGER. MAIS J'AI BESOIN DE SAVOIR QUAND IL VA MOURIR. IL FAUT QUE VOUS ME RASSURIEZ.

VOUS DEVRIEZ VOUS CONCENTRER SUR CE QUE VOUS POUVEZ MAÎTRISER. EST-CE QUE VOUS N'ÊTES PAS HEUREUSE AVEC PAUL ET JEAN-YVES ? QUAND VOUS AUREZ CHOISI...

DÉBUT MAI

# on n'est pas là
# pour juger.

DÉBUT MAI

# on n'est pas là
## pour juger.

MAIS ON EST AU MILIEU DES SITES PORNOS !

TU N'AVAIS JAMAIS REMARQUÉ ?

NON. ENFIN, J'AVAIS DÉJÀ VU CES ANNONCES, MAIS JE N'AVAIS PAS FAIT LE RAPPROCHEMENT.

COUCOU.

COUCOU !

YAELLE, MA COLLOC', JUSTINE, MA COLLÈGUE.

SALUT.

SALUT.

JE PEUX M'INCRUSTER ?

OUI, VIENS, ON SE MOQUE DU BOULOT AVANT DE DÉCOLLER.

C'EST JOLI COMME PRÉNOM, YAELLE.

MERCI.

TU AS VU LE BEAU BOULOT DE NOS GRAPHISTES ?

ILS PAYENT DES GENS POUR FAIRE ÇA ?

ON COMPREND MIEUX QUAND ON SAIT COMMENT ILS SE SAPENT.

HAHA ! T'EXAGÈRES.

ET LA MUSIQUE QU'ILS ÉCOUTENT.

IL Y A PLUSIEURS CABINETS ?

IL N'Y A AUCUN CABINET. LES VOYANTS, CE SONT TOUS DES FREE LANCE, QUI SE FONT EXPLOITER.

JE NE VOIS PAS L'INTÉRÊT D'ÊTRE À SON COMPTE DANS CE CAS, MAIS JE DOIS MANQUER D'OUVERTURE D'ESPRIT.

TIENS, ÇA C'EST NOUS. ÇA AUSSI.

AH, C'EST NOUVEAU ÇA, GALATHEA VOYANCE.

ÇA LEUR SUFFIT DE SE DIRE : "JE SUIS MON PROPRE PATRON."

BEN TIENS ! TU SAIS QUE, D'APRÈS LEURS CONTRATS, ILS NE SONT PAS VOYANTS, ILS SONT "PRESTATAIRES DE SERVICES". NULLE PART TU NE VERRAS MARQUÉ "VOYANCE" DANS LES PAPIERS DE YESSIKA.

AH LES PETITS MALINS !

ET : "MON MÉTIER ? COACH SPIRITUELLE !"

NOOOON ! Y EN A QUI DISENT VRAIMENT ÇA ?!

BON, C'EST PAS TOUT ÇA, MAIS IL FAUT QU'ON AILLE AU GOULAG, NOUS !

ARGH. ANOTHER DAY, ANOTHER DOLLAR.

HUHU !

OH MINCE ! J'AI OUBLIÉ DE RÉPONDRE AU MAIL DE JOCELYN ! YAELLE, S'IL TÉLÉPHONE, TU POURRAS LUI DIRE QUE JE M'EXCUSE ET QUE JE L'APPELLE DU BOULOT SI C'EST CALME ?

SANS PROBLÈME.

IL FAUDRA QUE JE ME FASSE PARDONNER !

NOUS AVONS ICI UNE STRATÉGIE DE COMMUNICATION QUI A FAIT SES PREUVES. ON A DÉJÀ CONQUIS PLUSIEURS MARCHÉS. ON VEUT SE LANCER SUR INTERNET, ON A DES GRAPHISTES QUI BOSSENT À PLEIN TEMPS POUR NOUS.

LÀ, À L'INSTANT, J'ÉTAIS AU TÉLÉPHONE AVEC UN DE MES CONTACTS POUR OFFRIR DES PLACES DE FOOT À UN IMPORTANT PARTENAIRE DU CABINET.

LES SMS PUBLICITAIRES, C'EST UN BASIQUE. TOUTE NOTRE CRÉATIVITÉ A ÉTÉ MOBILISÉE SUR LA PER-SON-NA-LI-SA-TION. "NOUS VOYONS TELLE CHOSE À VOTRE SUJET. APPELEZ-NOUS POUR UNE CONSULTATION." NOUS VOUS PARLONS. À VOUS. PERSONNELLEMENT.

DONC BIEN SÛR, SI ON VOUS APPELLE, VOUS NE DITES PAS : "C'EST DE LA PUB."

VOUS DITES : "C'EST UN MESSAGE DE L'UN DE NOS MÉDIUMS POUR VOUS PROPOSER UNE VOYANCE."

PAR CONTRE, OUI, VOUS AURIEZ DÛ ÊTRE PRÉVENUES. J'EN PARLERAI À DEBBIE.

CE GARS, DES FOIS, T'AS ENVIE DE LE PINCER POUR VÉRIFIER QU'IL EST BIEN RÉEL !

MAIS MEC, PUTAIN, TU M'AS DIT QUE TU AVAIS DES PLACES, FAUT QUE TU ME LES DÉGOTTES MAINTENANT ! PUTAIN, IL EN RESTE QUE DEUX, JE SUIS EN GALÈRE, LÀ, MON POTE !

EST-CE QUE C'EST À MOI DE FAIRE VOTRE TRAVAIL ?

ET IL FAIT : "OUAAAAAIS MEEEC, TU VOAAS, J'SUIS GRAVE DANS LA MERDE LÀÀÀAA. C'EST LE FOUTE BAULE, QUOIII."

ET IL NOUS APPELLE "LES FILLES." J'AVAIS TROP ENVIE DE RÉPONDRE "OUI CHARLIIIE," MAIS J'AI PAS OSÉ.

SI, ÇA MARCHE.

NON, FRANCHEMENT, JE N'AI PLUS DE SCRUPULES, LÀ. LES MECS, ON LEUR ENVOIE UN SMS QUI DIT "J'AI VU DES TRUCS À VOTRE SUJET", ET ILS Y CROIENT ! ET ILS APPELLENT IMMÉDIATEMENT ! JE RÊVE !

BEN OUI.

BON, FAUT QUE JE RACCROCHE, JOCELYN. LÀ, JE LAISSE MATHIEU FAIRE TOUT LE TRAVAIL ET C'EST MAL.

TU PASSES ME CHERCHER CE SOIR ?

AH ?

AH ? OK, PAS GRAVE. TOUT VA BIEN, HEIN ?

OK. À LUNDI ALORS.

MAIS QUOI ?

RIEN, RIEN ! TU M'AS FAIT RIRE AVEC TON IMITATION D'ÉRIC.

MAIS T'ES VACHE QUAND MÊME.

QUOI ? ÇA NE TE CHOQUE PAS LE COUP DES SMS ?

BAH. ON N'EST PAS LÀ POUR JUGER, HEIN.

bilibilbili!!

JE NE JUGE PAS, MAIS BON...

PRUNE VOYANCE BONJOUR.

BONJOUR. JE VEUX CINQ MINUTES À CINQ EUROS, ET JE VEUX LE MEILLEUR.

EUH... OUI, C'EST À QUEL SUJET, MADAME ?

ÇA NE VOUS REGARDE PAS. PASSEZ-MOI LE VOYANT.

OKAAAAY...

BRIAN, JE PEUX TE PASSER UNE CLIENTE CHIANTE ?

À QUEL SUJET ?

ELLE NE VEUT LE DIRE QU'À TOI.

HAHA, VAS-Y, ENVOIE !

QUEL EST VOTRE NUMÉRO DE CARTE BLEUE, S'IL VOUS PLAÎT, MADAME ? VOUS AVIEZ DÉJÀ APPELÉ ? NON, NOUS NE LES STOCKONS PAS, IL VA FALLOIR ME LE RE...

BIEN, TRÈS BIEN, JE VOUS METS EN RELATION AVEC BRIAN.

CLIC

MERCI MON CHIEN.

BON. RASSUREZ-MOI. JE VEUX SAVOIR SI MA FILLE VA TOMBER ENCEINTE.

BIEN. LAISSEZ-MOI ME CONCENTRER, MADAME.

JE N'AI PRIS QUE CINQ MINUTES.

JE NE PEUX PAS VOUS GARANTIR UNE RÉPONSE EN CINQ MINUTES, MAIS JE VAIS FAIRE DE MON MIEUX. DEPUIS QUAND VOTRE FILLE SOUHAITE-T-ELLE TOMBER ENCEINTE ?

JE N'EN AI PAS LA MOINDRE IDÉE, JE NE L'AI PAS VUE DEPUIS SIX MOIS. ELLE EST PARTIE AVEC UN SALE TYPE ET IL EST HORS DE QUESTION QU'ELLE PORTE SON FILS ! IL FAUT QUE VOUS ME DISIEZ SI ELLE VA TOMBER ENCEINTE, ET CE QUE JE DOIS FAIRE POUR L'EN EMPÊCHER !

JE... JE NE POURRAI PAS VOUS DIRE LES CHOIX À FAIRE, MADAME. MAIS...

VOUS ÊTES VOYANT, OUI OU NON ?

BON, JE VAIS CONSULTER MON ORACLE ET VOUS DIRE MON RESSENTI. DE LÀ, VOUS POURREZ PRENDRE VOS DÉCISIONS... LE LIBRE ARBITRE...

ARRÊTEZ VOTRE BLABLA, MON VIEUX, JE NE VOUS LAISSERAI PAS FAIRE DURER LA CONVERSATION, ÇA ME COÛTE ASSEZ CHER COMME ÇA. J'AI DEMANDÉ LE MEILLEUR, ON M'A DIT QUE C'ÉTAIT VOUS. DOIS-JE ME PLAINDRE À VOTRE DIRECTION ?

bilibilbili!!

VOYANCE GAELLA BONJOUR.

OUI... BONJOUR... JE... JE SAIS QUE VOUS PRÉDISEZ L'AVENIR MAIS...

JOUR FÉRIÉ. LES GAMINES SONT DE SORTIE.

MAIS MOI C'EST LE PASSÉ QUI M'INTÉRESSE ! HIHIHI !

HAHA. HIHI. HU ! HIHI !

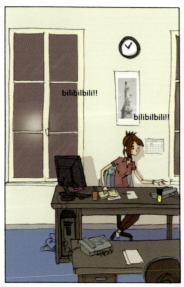

# tu changes.

TU AS DES GENS QUI RACONTENT LEUR VIE À GRANDE VITESSE. IL FAUT SUIVRE. ON EN A UNE QUI TIENT UN JOURNAL INTIME ET, PLUSIEURS FOIS PAR SEMAINE, ELLE APPELLE POUR LE LIRE À SA VOYANTE ! ET C'EST MARRANT LA DIFFÉRENCE D'ATTITUDE UNE FOIS QU'ILS ONT LE MÉDIUM EN LIGNE. TU EN AS QUI CRAQUENT COMPLÈTEMENT, D'AUTRES, QUI ÉTAIENT SUPER AGRESSIFS AVEC NOUS, QUI DEVIENNENT DE VRAIES CRÈMES.

ET TOUJOURS, TOUJOURS, LA PHRASE QUI REVIENT, C'EST : "J'APPELLE POUR ÊTRE RASSURÉ." C'EST TOUT CE QU'ILS VEULENT.

ILS SONT COMPLÈTEMENT APATHIQUES. ILS APPELLENT ET ILS DISENT : "ET SI JE FAIS PAS ÇA, QU'EST-CE QUI VA SE PASSER ?" LES VOYANTS ONT BEAU LEUR RÉPÉTER QUE CE QU'ILS DONNENT C'EST DU RESSENTI, QU'ILS ONT LEUR LIBRE ARBITRE, QUE LE FUTUR, PAR DÉFINITION, N'EXISTE PAS... BEN ÇA NE RENTRE PAS. TU IMAGINES, ADMETTRE ÇA, ÇA LES OBLIGERAIT À PRENDRE LEURS RESPONSABILITÉS !

C'EST JUSTINE QUI DIT ÇA ?

HEIN ? NON, C'EST MOI, POURQUOI ?

RIEN. C'EST JUSTE QUE TU DEVIENS UN POIL CYNIQUE EN CE MOMENT, ET QUE JE NE TE CONNAISSAIS PAS COMME ÇA.

ET QUOI ? JE SUIS TELLEMENT INFLUENÇABLE QUE ÇA NE PEUT VENIR QUE DE JUSTINE ?

JE NE SAIS PAS. QU'EST-CE QUE TU EN PENSES ?

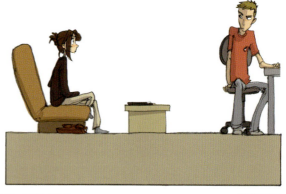

MAIS... MAIS COMMENT EST-CE QUE TU ME PARLES ?

AH, LAISSE TOMBER !

NON, JE NE LAISSE PAS TOMBER !

TU ME TRAITES DE CYNIQUE ET D'IDIOTE ALORS QUE JE NE FAIS QUE RACONTER MES JOURNÉES. TU M'EXCUSERAS DE METTRE UN PEU DE FUN DANS CES ANECDOTES DÉBILES.

JE NE T'AI PAS TRAITÉE D'I...

ET QU'EST-CE QUI TE DONNE LE DROIT D'ÊTRE AGRESSIF COMME ÇA ?!

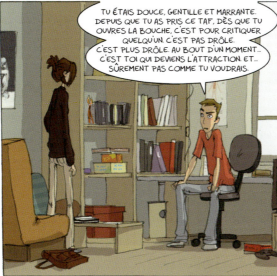

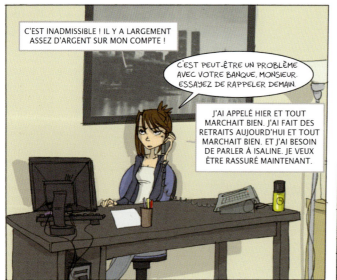

STÉPHANIE, EST-CE QUE VOUS POUVEZ LAISSER VOTRE PLACE À LUCIE ?

EUH... OUI, ÉVIDEMMENT, JE...

OUI, BIEN SÛR.

ELLE VA FAIRE UN ESSAI AUJOURD'HUI.

OUAH ! TOUS LES BOUTONS !

JE VAIS T'EXPLIQUER.

AH, STÉPHANIE ?

S'IL Y A DES RÈGLES ICI, CE N'EST PAS POUR RIEN. JE VOUS AI DIT CE QU'IL FALLAIT RÉPONDRE QUAND UNE CARTE ÉTAIT BLOQUÉE. C'EST ÉCRIT SUR LES PAPIERS QUE JE VOUS AI DONNÉS LE JOUR DE VOTRE ENTRETIEN. FAITES-LE.

NON MAIS... C'EST PARCE QU'IL S'ÉNERVAIT ET... D'AILLEURS IL A TRÈS BIEN COMPRIS CE QUE JE LUI AI EXPL...

RESPECTEZ CE QU'ON VOUS DEMANDE, STÉPHANIE. IL Y A DES TAS DE GENS QUI SERONT RAVIS DE TRAVAILLER ICI SI NOTRE ÉTHIQUE VOUS DÉRANGE.

BIEN. ALORS, VOUS AVEZ ICI LA LISTE DES VOYANTS AVEC LEURS NUMÉROS. POUR LES PLUS DEMANDÉS, IL Y A DES RACCOURCIS SUR LE CLAVIER, POUR LES AUTRES, IL FAUDRA TAPER UN CODE. NE VOUS EN FAITES PAS, ÇA VIENT VITE.

AÏCHA VA... AÏCHA, VOUS M'ÉCOUTEZ OU PAS ? AÏCHA VA VOUS EXPLIQUER LES DÉTAILS. JE VOUS ENTENDRAI DE MON BUREAU, CE QUI ME PERMETTRA DE VOUS CORRIGER SI NÉCESSAIRE.

ET NE VOUS PRESSEZ PAS AU DÉBUT. L'IMPORTANT, C'EST QU'IL N'Y AIT PAS D'ERREUR DE TRANSFERTS. QUAND VOUS AUREZ UN PEU DE TEMPS LIBRE, N'HÉSITEZ PAS À ÉCOUTER LES CONSULTATIONS DES VOYANTS POUR MIEUX COMPRENDRE LA MANIÈRE DONT ILS TRAVAILLENT...

SUPER. C'EST COOL SUPER.

ÇA A L'AIR COOL.

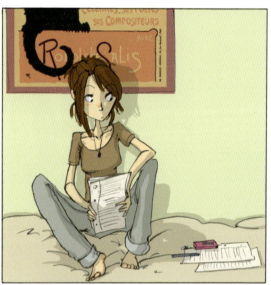

JOCELYN ?

MMM ?
OUI, MOI
AUSSI.

... EUH... JE M'EXCUSE
DE T'AVOIR MAL PARLÉ.

OUI, VOILÀ. C'EST JUSTE QUE
J'AI MAL PRIS QUE TU AIES DIT
QUE JUSTINE M'INFLUENÇAIT.
MAIS ON ÉTAIT LÀ POUR
RÉVISER ET C'EST VRAI
QUE JE N'AI FAIT QUE
PARLER DE MOI.

OUI ? OUI... MAIS SI, ÇA VA MAINTENANT.
C'EST QU'UN TRAVAIL. JE NE SUIS PAS
AIGRIE, AU CONTRAIRE ! C'EST JUSTE
QUE LÀ, EN PLUS, JOËLLE M'A
ENGUEULÉE HIER SOIR. VOILÀ.

NON, RIEN DE GRAVE, J'AI APPELÉ
DEBBIE POUR VÉRIFIER
ET TOUT VA BIEN.

JE SUIS CONTENTE !
JE TE JURE ! J'AI
JAMAIS ÉTÉ AUSSI
ÉPANOUIE.

NE T'INQUIÈTE PAS POUR
MOI, D'ACCORD ? IL N'Y A
VRAIMENT PAS DE RAISON.
PENSE À TES RÉVISIONS,
SINON JE VAIS TE BATTRE
EN BIO CELL'.

QUOI ?
TU VEUX
PARIER ?

ON RÉVISE ENSEMBLE,
CE SOIR ?... AH ?

NON, DEMAIN JE TRAVAILLE.
LUNDI À LA BIBLIO ALORS.
OK.

TU NE ME FAIS
PAS LA TÊTE,
HEIN ?

HIHI. OK.

MOI AUSSI.
BISOU.

YAELLE, T'ES OÙ ?
FAUT QUE JE TE
PARLE D'UN TRUC.

AH... EUH... RE-COUCOU JOCELYN.
BEN TU AURAIS PU ME DIRE QUE
VOUS ÉTIEZ ENSEMBLE.

HAHA, TRÈS DRÔLE !
C'EST ÇA, MOI AUSSI
J'AI DES TAS
DE COPAINS.

YAELLE ?
OUI, À CE SOIR.
DIS-LUI DE MA PART QUE
C'EST UN SALE TYPE !

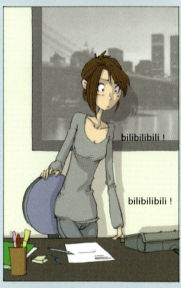

DÉBUT JUIN

# y a pas
# mort d'homme.

"EN DROIT FRANÇAIS, L'EXERCICE DE LA VOYANCE ÉTAIT UN DÉLIT PRÉVU AU CODE PÉNAL JUSQU'AU 1er MARS 1994 OÙ LES LÉGISLATIONS RÉPRESSIVES DE 1834 ET DE 1945 ONT ÉTÉ GRANDEMENT AMENDÉES PAR LA SUPPRESSION DE L'ARTICLE R.34 7 DE L'ANCIEN CODE PÉNAL..."

... car il existe différentes sortes de médiumnité. Je ne croyais pas moi-même à la voyance par téléphone. Comment, dans ces conditions, faire profiter les autres de mon don ? Il était de mon devoir de me pencher sur cette question, de faire écho à mes propres doutes, afin de rassurer les plus sceptiques parmi vous. J'ai donc consulté mon oracle par télép... , pour mes proches. Quelle ne fut pas ... ... fise – notre surprise – lorsque mes p... ... ... se révélèrent particulièrement p...

C'EST POURRI, L'AMBIANCE, EN CE MOMENT.

HAHA ! EN CE MOMENT ?

TOI AUSSI FAUT QUE TU TE BLINDES. ON EST TOUS LÀ POUR LES MÊMES RAISONS. TU VOIS, ON ME DIT QUE JE SUIS CYNIQUE, MAIS AU MOINS PERSONNE NE M'EMMERDE, ET JE GARDE MON ÉNERGIE POUR QUAND IL FAUT VRAIMENT L'OUVRIR.

OUI. ENFIN, T'AS PAS TELLEMENT RÉAGI PLUS QUE MOI HIER.

NON MAIS ÇA VA, OUI ! QU'EST-CE QUE TU VOULAIS QUE JE FASSE ?

EXCUSE-MOI. JE SUIS ÉNERVÉE EN CE MOMENT.

C'EST LE STRESS TOTAL POUR MES PARTIELS. JE N'AVAIS JAMAIS EU AUSSI PEU DE TEMPS POUR RÉVISER. JE N'AI MÊME PLUS LE TEMPS DE SORTIR AVEC MES POTES. DE TOUTE FAÇON, EUX AUSSI ILS ONT DU BOULOT PAR-DESSUS LA TÊTE. JE NE VOIS QUASIMENT PLUS JOCELYN ALORS QU'ON DEVAIT BOSSER ENSEMBLE. QUAND JE LUI DEMANDE CE QUI SE PASSE, À CHAQUE FOIS ON FINIT PAR S'ENGUEULER. DU COUP, LES SEULES PERSONNES À QUI JE PARLE, CE SONT LES PAUVRES GENS QUI NOUS APPELLENT.

ET YAELLE ?

YAELLE, JE LA SOÛLE, J'AI L'IMPRESSION. ELLE AUSSI, ELLE EN A MARRE QUE JE NE PARLE QUE DU BOULOT. ET PUIS DE TOUTE FAÇON, EN CE MOMENT, ON NE FAIT QUE SE CROISER. C'EST NUL, ÇA.

JE VEUX DIRE... LES VRAIS AMIS, C'EST CENSÉ TE SOUTENIR QUOI QU'IL ARRIVE, NON ?

JE NE SAIS PAS, J'AI JAMAIS PRATIQUÉ.

ET IL RÉPOND, ET IL EST INSOLENT... L'AUTRE JOUR, IL M'A DIT : "MAMAN, TU... TU..." JE N'OSE MÊME PAS VOUS LE RÉPÉTER, VOUS VOYEZ. IL A DIT : "MAMAN, TU... M'EMMERDES." IL EST DÉMONIAQUE, CE MÔME, JE LE LUI AI DIT, D'AILLEURS.

VOUS LUI AVEZ DIT ?

OUI. J'ÉTAIS ÉNERVÉE. IL FAUT BIEN QUE ÇA SORTE. ET IL VENAIT DE ME FAIRE TRÈS MAL.

MAL... ? IL VOUS A FRAPPÉE ?

OUI... NON... OUI ! AVEC UNE PORTE !

UNE PORTE ?

OUI. JE L'AI MIS DEHORS. JE LUI AI DIT : "TANT QUE TU VIS CHEZ MOI, TU FAIS CE QUE JE TE DEMANDE." JE LUI AI BIEN DIT : "ADRIEN, DANS LA VIE, ON NE FAIT PAS TOUT CE QU'ON VEUT ET..." IL L'A ENTENDU, JE VOUS PRIE DE LE CROIRE ! IL A RÉPONDU QUE, PUISQUE C'ÉTAIT COMME ÇA, IL PARTAIT... ENFIN, IL SE "CASSAIT", IL A DIT.

LÀ JE LUI AI CLAQUÉ LA PORTE AU NEZ. MAIS IL A MIS SON PIED, ET ELLE A REBONDI, ET JE L'AI REÇUE EN PLEIN DANS LE NEZ. VOUS VOUS RENDEZ COMPTE ?!

MAIS... OÙ EST-IL MAINTENANT ?

MAIS DANS SA CHAMBRE ! IL EST REVENU ! COMME SI DE RIEN N'ÉTAIT ! VOUS Y CROYEZ ?

JE NE SAIS PAS CE QUE J'AI FAIT POUR MÉRITER UN DESTIN PAREIL.

MAIS AVEZ-VOUS ESSAYÉ DE PARLER À VOTRE FILS DEPUIS LA DERNIÈRE FOIS ?

MAIS C'EST PEINE PERDUE ! DÈS QUE J'OUVRE LA BOUCHE IL ME REMBARRE. ALORS MOI, FORCÉMENT, JE NE ME LAISSE PAS FAIRE. C'EST QUAND MÊME MON FILS. DEPUIS QUAND LES ENFANTS PARLENT COMME ÇA À LEURS PARENTS ?

bilibilibili!

OUI, TOUT À FAIT, MONSIEUR. C'EST UN MESSAGE D'UNE DE NOS MÉDIUMS POUR VOUS PROPOSER UNE VOYANCE.

NON MAIS, EN FAIT, JE NE SUIS PAS CLIENT, MOI. JE L'AI REÇU SUR LE PORTABLE DE MON FRÈRE. ÇA DIT : "JE VOIS UNE TRÈS BONNE NOUVELLE À VOTRE SUJET. APPELEZ-MOI VITE AU 01.17.MACHINTRUC. ET PUIS APRÈS DES TRUCS INCOMPRÉHENSIBLES. UN TRAIT, STOP... BREF.

AH ? EH BIEN, C'EST UNE CHOSE TRÈS POSITIVE, ÇA, MONSIEUR. VOTRE FRÈRE SERA SANS DOUTE CONTENT DE...

IL EST MORT, MON FRÈRE.

BON. DONNEZ-MOI VOS QUATRE CHIFFRES, ENTRE 1 ET 21.

bilibi -click !

PRUNE VOYANCE BONJOUR.

ALLÔ ? OUI, J'AI REÇU UN TEXTO DE VOTRE PART.

OH, MINCE. JE SUIS VRAIMENT DÉSOLÉE, MONSIEUR. NOS LISTINGS NE DEVAIENT PAS ÊTRE À JOUR ET...

IL S'EST SUICIDÉ HIER.

EN FAIT, ÇA DEVAIT ÊTRE PEU DE TEMPS AVANT DE RECEVOIR VOTRE SMS. C'EST CON, HEIN ? S'IL AVAIT SU QU'IL Y AVAIT DE BONNES NOUVELLES QUI L'ATTENDAIENT...

M... MONSIEUR, TOUT D'ABORD, PERMETTEZ-MOI DE VOUS PRÉSENTER MES CONDOLÉANCES POUR VOTRE FRÈRE. QUANT AU SMS, C'EST...

C'EST JUSTE DE LA PUB.

SANS BLAGUE ?

BON, JE VOIS QUE VOUS N'AVEZ RIEN DE PLUS À ME DIRE. JE VAIS VOUS LAISSER MANGER, IL ME SEMBLE QUE C'EST L'HEURE. BON APPÉTIT, HEIN ?

bilibilibili!

bilibilibili!

MAIS NON, IL NE PEUT RIEN NOUS FAIRE. C'EST QUE DE LA PUB, BORDEL, ON NE VA PAS NOUS ATTAQUER POUR GAFFE DE MAUVAIS GOÛT ! UN TYPE EST MORT. BON. OK, C'EST TRISTE. MAIS, AU BOUT D'UN MOMENT, J'AI ENVIE DE TE DIRE : C'EST PAS TOI QUI L'AS TUÉ, HEIN ? UN SUICIDE, EN PLUS ! ENFIN, JE NE VEUX PAS PARAÎTRE SANS CŒUR MAIS LE GARS NE DEVAIT PAS ALLER SUPER BIEN DEPUIS UN MOMENT, NON ? TU NE TE LÈVES PAS UN MATIN EN TE DISANT "AU FAIT, BYE BYE MONDE DE MERDE", SI ?

TU T'ES EXCUSÉE ?

O... OUI.

BON, BEN VOILÀ, C'EST RÉGLÉ.

LA VACHE, JUSTINE, IL VIENT DE M'ARRIVER UN TRUC DE OUF !

STÉPH, COUCOU ! TU VIENS NOUS REJOINDRE ?

JE... QU'EST-CE QUE VOUS FAITES LÀ, TOUS LES DEUX ?

ON... ON PREND JUSTE UN VERRE.

JE T'AI ENCORE LAISSÉ DEUX MESSAGES AUJOURD'HUI.

ÇA FAIT DES SEMAINES QU'ON DOIT PRENDRE RENDEZ-VOUS POUR SE VOIR ET TU SORS AVEC YAELLE ?

MAIS... JE PENSAIS QUE TU ÉTAIS AU BOULOT.

JE NE BOSSE PLUS LE SAMEDI MATIN POUR POUVOIR RÉVISER LES PARTIELS.

ÇA FAIT TROIS FOIS QUE JE TE LE DIS. MAIS JE COMMENCE À COMPRENDRE POURQUOI TU NE T'EN RAPPELLES PAS !

QUE TU NE VEUILLES PLUS DE MOI, ÇA JE PEUX LE COMPRENDRE. MAIS QUE TU TE RABATTES SUR MA MEILLEURE AMIE, C'EST VRAIMENT DÉGUEULASSE !

HÉ !

TU TE FICHES DE MOI ?! JOCELYN, C'ÉTAIT MON POTE AVANT D'ÊTRE TON MEC, JE TE SIGNALE ! ET COMMENT TU PEUX PENSER UN TRUC PAREIL ? TU ME PRENDS POUR LA DERNIÈRE DES PÉTASSES ?!

JE... JE SUIS DÉSOLÉE, MAIS...

ET VOILÀ ! TU NE FAIS PLUS QUE ÇA, DEPUIS DES MOIS ! TU ATTAQUES LES GENS GRATUITEMENT OU DERRIÈRE LEUR DOS ET DÈS QU'IL Y A DU RÉPONDANT EN FACE, TU T'ÉCRASES.

SI C'EST LE TRAVAIL QUI TE REND COMME ÇA, JE PRÉFÉRAIS LA FILLE À PAPA !

ON... ON SE FAIT REMARQUER.

TU DÉÇOIS TOUT LE MONDE, ET APRÈS TU T'ÉTONNES DE TE RETROUVER TOUTE SEULE.

JAMAIS TU NE TE POSES DES QUESTIONS SUR TOI-MÊME ?

DEPUIS QUE TU AS PRIS CE TAF, TU T'ES TRANSFORMÉE EN PETITE CONNE CYNIQUE. TU CROIS QUE C'EST UNE PREUVE D'INTELLIGENCE DE SAVOIR FORMULER DES VANNES FACILES POUR TE FOUTRE DE GENS DÉSESPÉRÉS ?

J'AI... JAMAIS DIT QUE J'ÉTAIS PLUS INTELLIGENTE QUE LES AUTRES.

T'AS BIEN FAIT.

MAIS J'EN AI MARRE À LA FIN QUE VOUS ME PRENIEZ POUR UNE GAMINE INFLUENÇABLE ! ET POUR VOUS C'EST PAS FACILE ? JE RÊVE ! QUI DOIT LE VIVRE AU QUOTIDIEN, CE TAF ?!

DONC ON EST D'ACCORD. C'EST BIEN TON TAF, LE PROBLÈME.

CE... CE QUE YAELLE ESSAIE DE TE DIRE, C'EST QUE C'EST NORMAL DE PRENDRE QUELQUES PLIS DE SON TRAVAIL, SURTOUT DANS CELUI-LÀ OÙ TU ES OBLIGÉE DE TE PROTÉGER, MAIS... TU VOIS... ENFIN, POUR NOUS C'EST PAS FACILE.

P... PAS DU TOUT, JE...

POURQUOI TU AS CHOISI DE FAIRE MÉDECINE ?

POUR SUIVRE LA CARRIÈRE FAMILIALE ? POUR LE PRESTIGE ? POUR L'ARGENT ?

QUOI ? MAIS SÛREMENT PAS !

JE NE TE PERMETS PAS DE DIRE ÇA. J'AI FAIT MÉDECINE POUR AIDER LES GENS !

ALORS COMMENT TU PEUX ACCEPTER DE LES TIRER COMME ÇA VERS LE BAS ?

...

NON MAIS TU T'ENTENDS, MAMAN ?! ÇA N'A CARRÉMENT RIEN À VOIR. JE PASSE DES APPELS, Y A PAS MORT D'HOMME ! ET JE PEUX PAS LES SAUVER, MOI, CES GENS.

ÇA DÉPEND.

SI TU TE SPÉCIALISES EN PSYCHIATRIE, TU GARDES CE BOULOT, ET LES GENS QUE TU BOUSILLES, TU TE LES ENVOIES EN CONSULTATION.

...

80

C'EST TOI QUI ME L'AS FAIT AVOIR, CE POSTE, JE TE SIGNALE.

À CE SOIR À LA MAISON.

NON MAIS ÇA VA LES LEÇONS DE MORALE. FRANCHEMENT ! NON ?

AVANT, C'ÉTAIT JUSTE QUAND JE FAISAIS CACA MAIS MAINTENANT ÇA COMMENCE À SORTIR. SI VOUS REGARDEZ MON TROU DE L'ANUS, IL Y A DEUX GROSSES BOURSOUFLURES. ÇA ME FAIT HORRIBLEMENT MAL QUAND JE M'ASSOIS.

CABINET JESSIKA, BONJOUR.

JE VOUDRAIS PARLER À GAELLA TRÈS RAPIDEMENT.

ELLE EST EN LIGNE, MADAME. MAIS JE PEUX VOUS METTRE EN RELATION AVEC FATNA, C'EST UNE MÉDIUM PURE ÉGALEMENT.

NON, VOUS LUI DITES QUE C'EST LOUISE. JE SUIS UNE CLIENTE TRÈS IMPORTANTE.

MADAME BRUNEAU VA RAPPELER. ELLE ÉTAIT EN VOITURE ET ÇA A COUPÉ. ELLE N'EST PAS CONTENTE PARCE QUE JENIFER LUI A PRÉDIT UN TRUC QUI N'ARRIVE PAS.

TOUS NOS CLIENTS SONT IMPORTANTS, MADAME.

OUI, BIEN SÛR EVELYNE, MAIS SEULEMENT À VOS AMIES.

MAIS LA DERNIÈRE FOIS QUE J'AI ESSAYÉ, ÇA A MARCHÉ.

QU'EST-CE QU'ON A DIT PLUSIEURS FOIS, MA BELLE ? IL NE FAUT JAMAIS SE TIRER LES CARTES À SOI-MÊME. IL EST IMPOSSIBLE D'ÊTRE OBJECTIF SUR NOTRE PROPRE PERSONNE. ET PUIS C'EST À ÇA QU'ON SERT, NOUS, HUHU.

BEN OUI, MAIS MOI J'AI PLUS DE SOUS.

BONJOUR. JE VOUDRAIS SAVOIR SI MON EX-MARI EST MALHEUREUX EN AMOUR.

ET JE SUIS ALLÉE CHEZ CETTE SALOPE AVEC UNE CARABINE, ET JE LES AI SURPRIS TOUS LES DEUX AU LIT. ILS ONT EU PEUR. ET MAINTENANT ELLE M'ATTAQUE SOI-DISANT PARCE QUE JE L'AI MENACÉE MAIS EN FAIT JE LE SAIS BIEN QUE C'EST JUSTE PARCE QU'IL EST REVENU AVEC MOI.

NON, JE SUIS MALADE, JE NE PEUX PAS TRAVAILLER CE SOIR.

MAIS VOUS ÊTES INSCRITE DANS LE PLANNING.

OUI MAIS LÀ ÇA NE VA PAS, JE NE SUIS PAS BIEN. VOUS COMPRENEZ, HIER J'AI EU UNE PANNE DE CHAUFFAGE. VOUS SAVEZ COMME C'EST, C'EST L'ÉTÉ, ON NE SE COUVRE PAS ET VLAN ! VOUS CHOPEZ UN COUP DE FROID. VOUS SAVEZ QUE L'ANNÉE DERNIÈRE DÉJÀ À LA MÊME PÉRIODE...

... 25 EUROS LES 10 MINUTES ET 3,50 EUROS LA MINUTE SUPPLÉMENTAIRE.

JE PEUX T'ENCULER POUR LE MÊME PRIX ?

IL Y A BIEN QUELQU'UN QUI LUI A DIT, QUE ÇA NE MARCHAIT PAS, À CETTE DAME.

C'EST PAS MOI.

C'ÉTAIT PENDANT VOTRE SERVICE.

PEUT-ÊTRE MAIS C'EST PAS MOI, JOËLLE, JE VOUS JURE.

NE T'EN FAIS PAS, MA JOLIE, TU VAS T'EN SORTIR !

HUHU, OUI, JE SUIS PAS PLUS BÊTE QU'UNE AUTRE, COMME T'AS DIT !

biliblibili !

HUHU ! IL EST MIGNON, ÉRIC. JE L'AI INVITÉ À MON ANNIVERSAIRE. TU VIENDRAS, TOI ?

CABINET BRIAN BONJOUR.

AH, JE ME SUIS TROMPÉ DE NUMÉRO. JE VOULAIS APPELER SOPHIE. J'AI RENCONTRÉ UNE FEMME, COMME ELLE ME L'AVAIT DIT, MAIS ELLE N'ÉTAIT PAS ROUSSE.

JUSTINE ELLE M'A DIT QU'ELLE NE VIENDRAIT PAS. J'AI L'IMPRESSION QU'ELLE NE M'AIME PAS.

C'EST BÊTE, ON EST ENTRE FILLES, ON DEVRAIT FAIRE UN PETIT GROUPE SYMPA.

C'EST DE LA VOYANCE PAR SMS, MADAME. IL FAUT QUE VOUS ENVOYIEZ "AVENIR" PAR SMS. SI VOUS APPELEZ LE NUMÉRO, C'EST NORMAL QUE ÇA NE MARCHE PAS.

... COMME SI, APRÈS TOUT CE TEMPS, VOUS ÉTIEZ DÉÇUE PAR L'HOMME QU'IL EST DEVENU.

NON, MAIS C'EST DE MA NOUVELLE RELATION QUE JE VOUS PARLE, LÀ.

OUI, C'EST ÇA.

MON MARI, JE L'AI QUITTÉ IL Y A QUATRE ANS.

C'EST ÇA. OUI, VOTRE MARI... LE NOUVEAU... J'AI BIEN COMPRIS. SI VOUS VOULEZ, LE PROBLÈME, C'EST QUE J'AI LA SENSATION QUE VOUS N'ÊTES PAS PRÊTE À PRENDRE DES DÉCISIONS.

OUI, EN CE MOMENT, MA SITUATION EST UN PEU COMPLIQUÉE.

J'AI BESOIN QUE VOUS ME DISIEZ... CE QUE JE DOIS FAIRE, QUOI.

HOULÀ ! HAHA ! BON, MOI, CE QUE JE PEUX DÉJÀ VOUS DIRE, C'EST QUE CE JEU RÉVÈLE UNE SITUATION MAL ASSISE.

boom tss !
boom tss !
boom tss !

... ET COLYNE M'AVAIT DIT QUE JE GAGNERAIS MON PROCÈS ET JE L'AI PERDU. ÇA ME COÛTE PLUSIEURS MILLIERS D'EUROS ! ÇA FAIT DEUX FOIS QUE ÇA ARRIVE ! JE VEUX DÉPOSER UNE PLAINTE OFFICIELLE.

IL FAUT APPELER LA RESPONSABLE. VOUS AVEZ SON NUMÉRO ?

OUI, MAIS JE VOULAIS VOUS DIRE QUE CE SERAIT BIEN DE VOTRE PART DE FAIRE UN GESTE COMMERCIAL. J'AIMERAIS QUE MA PROCHAINE CONSULTATION SOIT GRATUITE.

...

JE... JE VOUS PASSE LA RESPONSABLE, MADAME.

STÉPHANIE ? C'EST LUCIE. ÇA VA PAS ? Y A JOËLLE QUI TE CHERCHE MAIS JE LUI AI DIT QUE TU AVAIS BESOIN D'ÊTRE SEULE. POURQUOI TU PLEURES ? C'EST TON COPAIN, C'EST ÇA. ÇA VA PLUS ENTRE VOUS ?

FIN JUIN

# moi,
# les polémiques...

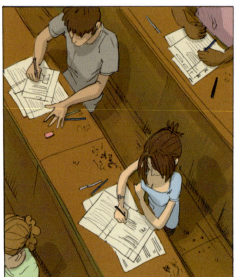

OUI ?

JOËLLE ? VOUS AURIEZ UNE MINUTE À M'ACCORDER. ?

ENTREZ.

MMMM. BON. VOILÀ. JE...

VOUS ALLEZ RECEVOIR UN COURRIER MAIS JE TENAIS À VOUS LE DIRE AVANT. JE...

JE DÉMISSIONNE.

AH ? BIEN.

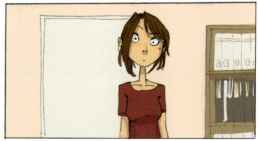

VOUS... VOUS NE VOULEZ PAS SAVOIR POURQUOI ?

VOUS ÊTES ÉTUDIANTE. VOTRE VIE CHANGE, VOUS ÉVOLUEZ. IL Y A UN GROS ROULEMENT DE PERSONNEL ICI, VOUS N'ÊTES PAS LA PREMIÈRE À RESTER MOINS D'UN AN.

OUI, OUI, JE...

NON, C'EST PAS ÇA.

QUAND JE SUIS ARRIVÉE ICI, JE ME DISAIS... BON, LA VOYANCE, J'Y CROIS PAS, MAIS SI ÇA PEUT AIDER CERTAINS, C'EST L'ESSENTIEL. MAIS PLUS JE SUIS RESTÉE, PLUS J'AI VU QUE TOUT CE QU'ON VOULAIT C'ÉTAIT GAGNER DES SOUS.

OUI... OUI. C'EST UNE ENTREPRISE, ICI, STÉPHANIE.

OUI BEN MÊME. MOI JE VAIS ÊTRE MÉDECIN, J'AURAI MON ENTREPRISE AUSSI...

... C'EST PAS POUR ÇA QUE JE SURFACTURERAI LES CLIENTS, QUE JE LEUR DIRAI COMMENT DÉPENSER LEURS SOUS, QUE JE LEUR FERAI DE LA PUB MENSONGÈRE... ET PUIS JE LES SOIGNERAI, SURTOUT, JE N'ENTRETIENDRAI PAS LEUR MALADIE.

OUI. OUI MERCI BIEN. SORTEZ DU BUREAU MAINTENANT, STÉPHANIE.

NON MAIS... NON, J'AI PAS FINI ET...

VOUS POUVEZ ME REGARDER, S'IL VOUS PLAÎT ?

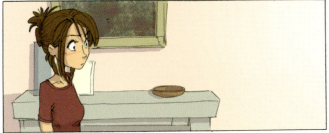

BON, LES COCOS, LÀ IL Y A DES ÉVOLUTIONS, C'EST DU LOURD. LE PARTENARIAT TÉLÉ PREND UN PEU DE TEMPS POUR SE METTRE EN PLACE MAIS J'AI ENVIE DE VOUS DIRE, C'EST NORMAL, C'EST LA TÉLÉ, HEIN !

TOUT LE MONDE A COMPRIS LE PRINCIPE POUR LES CONSULTATIONS "WEBCAM" ? POUR VOUS, ÇA NE CHANGE PAS GRAND-CHOSE, HEIN ! MAIS LES CLIENTS, VA FALLOIR LES GUIDER UN PEU. J'AI DIT AUX VOYANTS DE SOIGNER LEUR INTÉRIEUR, QUE CE SOIT UN MINIMUM CRÉDIBLE.

VOUS AURIEZ VU LE BORDEL CHEZ FATNA ! HALLUCINANT !

BON. SUR CE. DÈS MAINTENANT, MES CHÉRIES, IL VA ME FALLOIR DES VOLONTAIRES : THÉO VEUT METTRE UNE STANDARDISTE SUR LE PLATEAU. ALORS... QUI VEUT PASSER À LA TÉLÉ ?

... ET CEUX QUI TRAVAILLENT SANS SUPPORT. DANS CE CAS, ILS VOUS DISENT TOUT CE QU'ILS RESSENTENT À VOTRE SUJET SANS VOUS POSER DE QUESTIONS.

AH OUI. OUIIIIIIII ! CONTINUE MA CHÉRIE ! TU MOUILLES ? MOI JE BANDE !

A-HA !

ALLÔ ?

OUIIII, MONSIEUR RONDIER JEAN-LOUIS, 12 RUE DU CENTRE À PLOUVOIE ? UNE VRAIE MERVEILLE, CES ANNUAIRES INVERSÉS, POUR LES ÉTOURDIS QUI NE MASQUENT PAS LEUR NUMÉRO.

JE...

C'EST PRUNE VOYANCE À L'APPAREIL. DONC, REPRENONS. VOUS BANDIEZ, C'EST ÇA ?

ERK, ERK, ERK.

TUUUUUUUUUUUU...

HOHO, T'ES VILAINE !

ET PLUS JEUNE QUE LUI, EN PLUS ! JE LES SUIS DEPUIS UNE SEMAINE ET C'EST SÛR, C'EST ELLE. C'EST VRAIMENT DÉGUEULASSE, EXCUSEZ-MOI, IL N'Y A PAS D'AUTRE MOT ! C'EST LUI QUI ME PLAQUE, ET LÀ IL SE TROUVE CETTE PETITE PUTE ! LE DESTIN EST VRAIMENT INJUSTE !

AH OUI, TOI TU AS UN CARACTÈRE FORT, MA PETITE CHATTE.

OUI, OUI. ÇA A TOUJOURS ÉTÉ MON PROBLÈME.

C'EST TRÈS BIEN D'AVOIR DU CARACTÈRE. MMMM... ALORS, J'AI LE NEUF DE CŒUR, LÀ. PETITS ENNUIS CONFIRMÉS, MON LAPIN, MAIS ÇA NE DEVRAIT PAS DURER.

OUI. OUI, ÇA VA S'ARRANGER. JE VEUX SOUVENT TOUT TROP RAPIDEMENT, MAIS ON N'A PAS TOUJOURS IMMÉDIATEMENT CE QU'ON MÉRITE DANS LA VIE. ÇA A TOUJOURS ÉTÉ MON PROBLÈME.

MAIS J'AI BESOIN DE SAVOIR SI C'EST LE BON, MAINTENANT. C'EST IMPORTANT, AVANT DE S'INVESTIR AFFECTIVEMENT.

EEEET... RASSUREZ-MOI, RASSUREZ-MOI !

LÀ, C'EST LA MAQUETTE POUR LES COURS DE VOYANCE. ON MET ÇA SUR LE SITE DE GAELLA.

Y A LES DÉTAILS POUR LIRE DANS LE MARC DE CAFÉ. COMMENT TENIR LA TASSE, ET PUIS COMMENT LIRE LES SYMBOLES... C'EST CE QU'ILS DISENT, "LIRE LES SYMBOLES". MOI JE TROUVE ÇA UN PEU GERBI-GERBO MAIS BON.

ALORS, ÇA VOUS PLAÎT ?

OUAIS, PAS MAL.

BEN MOI JE NE SAIS PAS PARCE QUE LÀ, JE SUIS COMPLÈTEMENT SOÛLÉE PAR TA MUSIQUE POURRIE QUI, MINE DE RIEN, EST EN TRAIN D'ENVAHIR MON BUREAU.

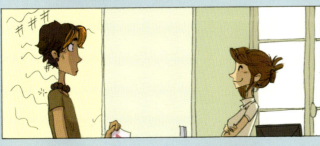

TU SAIS, C'EST VRAIMENT COOL QUE TU TE SENTES POUSSER DES AILES. T'ÉTAIS LIMITE LOURDE, AU DÉBUT, TELLEMENT T'ÉTAIS POLIE, MAIS FAUDRAIT PAS QUE TU PARTES EN CARICATURE DANS L'AUTRE SENS.

93

SEPTEMBRE

# mon corps sent la frite, mais mon âme est propre !

J'AI DIT : GRANDE OU PETITE FRITE ?

GRANDE.

ET J'AI ENVIE DE RAJOUTER UNE TOURNÉE DE GLACES JUSTE POUR TE VOIR LES PRÉPARER.

DANS CINQ MINUTES, C'EST MA FIN DE SERVICE ET J'AURAI LE DROIT DE TE LA COLLER SUR LE MUSEAU.

PFFF ! SUSCEPTIBLE, LE PETIT PEUPLE.

NON MAIS SÉRIEUX, ÇA NE TE GONFLE PAS DE BOSSER ICI ?

FIGURE-TOI QUE JE N'AI TROUVÉ QUE ÇA.

MAIS POUR TES PARENTS, ÇA VA ?

BREF. JE SUIS PAUVRE, MON CORPS SENT LA FRITE... MAIS MON ÂME EST PROPRE !

HAHA !

ÇA NE CHANGE RIEN POUR MES PARENTS. ILS ME FINANCENT PLUS. C'EST MOI QUI N'AI PRESQUE PLUS D'ARGENT DE POCHE.

MAIS C'EST VRAI, DIS DONC, QUE TU PUES LA FRITE.

ÇA PUE PAS, LA FRITE. ÇA SENT.

L'IMPORTANT, C'EST QUE JE N'EXPLOITE PLUS LA MISÈRE HUMAINE.

SANS FAÇONS.

TU AIDES JUSTE L'OBÉSITÉ À PROLIFÉRER.

IL PLEUT.

LAVE-MOI, PETITE PLUIE ! LAVE-MOI DES MESQUINERIES QUI M'ENTOURENT !

HAHA. C'EST QU'ELLE VA NOUS FAIRE PLEURER.

**Des mêmes auteurs :**

Aux éditions DES RONDS DANS L'O avec AMNESTY INTERNATIONAL :
**EN CHEMIN ELLE RENCONTRE...**
(Collectif contre les violences faites aux femmes )

**De la même scénariste :**

Aux éditions DARGAUD :
**EFFLEURÉS**
(dessin de Sylvain Limousi)
**LE PRÉTEXTE**
(dessin de Sylvain Limousi)

Aux éditions ANKAMA :
**HAVRE**
(1 volume - dessin de Anne-Catherine Ott)

Aux éditions EMMANUEL PROUST avec LA MUTUALITÉ FRANÇAISE :
**LA PARITÉ HOMME/FEMME**
(Collectif - dessins de X-aël et Laurence Germond)

Soyez avertis de la parution des nouveautés en vous connectant sur www.drugstorebd.com

© 2011, Glénat.
Éditions Glénat - Couvent Sainte-Cécile - 37 rue Servan - 38000 GRENOBLE
Dépôt légal : mars 2011
I.S.B.N. 978-2-7234-7376-7
Achevé d'imprimer en France par Pollina sur papier provenant de forêts gérées de manière durable - L56014.